66

ACADÉMIE DES SCIENCES, DES LETTRES ET DES ARTS D'AMIENS

LE

PATOIS PICARD

ET LAFLEUR

Discours prononcé à la séance publique de l'Académie
d'Amiens,

Le 17 Décembre 1876.

Par M. H. DAUSSY

AMIENS
TYPOGRAPHIE H. YVERT
RUE DES TROIS-CAILLOUX, 64
1877

LE

PATOIS PICARD

ET LAFLEUR

Discours prononcé à la séance publique de l'Académie
d'Amiens,

Le 17 Décembre 1876,

Par M. H. DAUSSY.

MESSIEURS ET SURTOUT MESDAMES,

Il faut que je commence par vous demander pardon
de la liberté, trop grande peut-être, que je vais
prendre, de vous parler dans une séance académique,
et solennelle, mon Dieu oui, de vous parler Picard.
Le moindre de mes torts, en ce faisant, est de m'ex-
poser à n'être pas compris d'un assez grand nombre
de mes auditeurs. C'est précisément mon excuse,
c'est la cause déterminante du choix de mon sujet.
Aujourd'hui j'ai encore la chance de pouvoir être
entendu de quelques-uns ; encore un peu de temps,
et je ne serais plus compris de personne. Le Picard
se meurt ; il est mort, ou peu s'en faut, et dans tous

les cas n'en vaut guère mieux. Depuis longtemps
tombé à l'état de patois, il succombe aujourd'hui sous
l'expansion de la civilisation moderne ; il va dispa-
raître définitivement. N'est-ce pas le moment de lui
dire adieu ? C'est presque une oraison funèbre que
je vous demande la permission de faire. Ne vous
effrayez pas, Mesdames, je tâcherai de ne pas être
trop triste ; et croyez, Messieurs, que je m'efforcerai
d'éviter le défaut, si fréquent, de faire un éloge
exagéré du défunt. Je le vois partir sans regret, et
je n'hésite pas à le dire ; dût-on m'accuser de man-
quer à la tendresse filiale : car le Picard fut mon
premier, et pendant des années, mon unique langage,
ce qu'on est convenu d'appeler la langue maternelle.
Élevé à la campagne, je n'étais pas capable, à l'âge
de six ou sept ans, de dire oui et non en Français.
Depuis, comme j'avais quelque goût pour l'étude, on
m'a mis au collége ; j'ai appris plusieurs langues,
entr'autres le français ; je n'ai pas pour cela oublié
mon patois, et c'est ce qui m'autorise à vous en
parler aujourd'hui en homme qui le connaît par la
pratique, aussi bien que par l'étude théorique et par
la comparaison avec d'autres idiômes. Je voudrais,
sans entrer dans un examen détaillé, rectifier quelques idées fort répandues à son sujet, mais que je
crois erronées : je voudrais aussi retenir votre attention sur une manifestation particulière et très-popu-
laire à Amiens de l'esprit picard, sur une création
que je n'ose appeler littéraire, mais qui est, à coup-
sûr originale, et dont le souvenir mérite d'être
conservé dans l'histoire des mœurs locales.

La langue picarde descend, en ligne directe et immédiate, de la langue latine : il est encore aisé de retrouver les traits de la mère dans ceux de sa fille, toute défigurée et décrépite que soit celle-ci. C'est peut-être le phénomène le plus remarquable des conquêtes faites par les Romains que la disparition complète de la langue des peuples vaincus à laquelle se substitua celle des vainqueurs. Partout où Rome a assis ses institutions, elle a, par la merveilleuse puissance de son génie civilisateur, réalisé ce que ne peut faire la force des armes, l'assimilation complète des mœurs, des sentiments, des idées, l'assimilation du langage et par conséquence de la pensée humaine.

Ce n'est point toutefois, il ne faut pas s'y tromper, la langue savante et majestueuse des grands écrivains, des poètes et des orateurs romains, qui a pénétré ainsi profondément dans l'esprit des peuples soumis ; mais bien la langue parallèle dont on trouve de nombreuses traces dans les comiques latins, le *sermo rusticus*, la langue familière, celle de la classe ignorante. L'esclave, l'homme du peuple ne parlaient point le latin que Tacite écrivait. C'est cette langue populaire, celle de la grande masse, qui s'imposa avec la vie romaine dont elle était l'expression, aux peuples vaincus et assimilés.

Mais chacun de ceux-ci, en l'adoptant, lui fit subir les altérations que commandaient la conformation de son appareil vocal et les habitudes de son oreille. Telle est l'origine première de la diversité que présentent les langues dérivées du latin.

L'étude comparée de ces altérations est souvent

fort intéressante ; elle révèle les besoins phonétiques
et euphoniques qui dominent dans chaque race, et
permet de déterminer les règles suivant lesquelles
un même mot doit se modifier en passant dans telle
ou telle langue. Je voudrais vous le faire comprendre.

Dernièrement, je voyageais avec un négociant en
cheveux ; pendant qu'il m'exposait l'importance que
les mœurs modernes donnent à son genre de com-
merce, je pensais à l'origine de ce mot : cheveux.
Les Latins disaient *capilli,* vraisemblablement par
contraction de *capitis pili,* poils de la tête : *capilli*
donnait à l'accusatif *capillos.* Aujourd'hui, l'italien
dit *capelli,* c'est presque absolument le nominatif
latin. L'espagnol, qui s'attache à l'accusatif, écrit
cabellos, et mouillant les deux *l,* ce qui est de règle
invariable dans sa langue, changeant le *b* en *v* comme
il le fait souvent malgré l'Académie de Madrid, prononce *cavélhios.* En picard nous dirons *des cavieux*
et en français nous avons *des cheveux.* Je ne parle
pas pour moi, mais pour les personnes qui en ont,
sans rechercher à quel titre elles en sont propriétaires.

Vous voyez comment un mot se transforme d'une
langue à l'autre. On pourrait, sur celui-ci, étudier
le changement des terminaisons, mais cela nous
mènerait trop loin. Il n'est pas sans intérêt de remarquer l'altération de la consonne labiale *p,* con-
servée en italien, adoucie en *b* dans l'espagnol et
dégénérée en *v* dans le picard et le français ; mais
je signale principalement à votre attention la persistance du *c* dur devant la voyelle *a* dans l'italien,
l'espagnol et le picard : *capelli, cabellos, cavieux.*
Le français, au contraire, adoucit le son, il en fait

un *ch ;* ainsi le veut le génie de notre langue qui presque toujours, à l'époque de sa formation spontanée et populaire, modifie de la sorte le *c* dur qui précédait une voyelle forte. Nous disons: *un château, des champs, la chasse, des choses ;* le picard garde intacte la consonne latine, et conserve le *c* dur devant les voyelles *a* et *o ;* il dit : *ein catieu, des camps, el cache, des coses.*

Cela suffit, je crois, pour indiquer le travail que chaque race a fait subir aux mots de la langue qu'elle s'appropriait, et pour montrer que de véritables lois président aux modifications des mots qui ont passé du latin dans les langues modernes. C'est à l'aide de ces lois que se prouve la filiation des idiômes, et vous concevez comment il est aisé de rétablir l'acte de naissance du Picard. C'est un enfant du latin populaire né sous le ciel brumeux du Nord.

Le territoire où la langue picarde fut en usage était fort étendu ; la limite du Picard au Nord n'était autre que flamand, un des idiômes de la race germanique. Cette langue avait donc, quand elle se fut dégagée du latin barbare des huit ou neuf premiers siècles de l'ère chrétienne, un domaine assez vaste ; et peut-être eût-elle pris un vigoureux essor, grâce au génie de notre race, sans les événements politiques qui l'arrêtèrent dans son développement. Elle était parvenue à supplanter le latin dans les actes administratifs et judiciaires : nous la trouvons employée au treizième et même au quatorzième siècle dans de nombreux documents. Je plaidais il y a quelques années sur un acte rédigé en 1269, sous

le règne de Saint-Louis, par le célèbre jurisconsulte
Pierre Desfontaines : cela montre que même après
six cents ans le droit le mieux établi peut être encore
matière à procès. Cet acte est écrit en dialecte
picard : il porte que les habitants de certaines com-
munes ont droit de faire paître leurs bêtes dans un
marais, mais « i ne pueent point soier » (ils ne
peuvent pas scier, faucher l'herbe). C'est une preuve
bien authentique que le Picard était au Moyen-Age
une véritable langue, ou, pour parler plus exactement, un des dialectes de la langue d'Oil ; tout le
monde connaît la grande division de la langue d'Oc
au Midi et de la langue d'Oil au Nord, en prenant la
Loire comme ligne générale de démarcation.

Vous voyez, par conséquent, combien est grande
l'erreur des personnes qui pensent que le Picard
n'est autre chose que du français corrompu et mal
parlé.

Comme une erreur en engendre presque toujours
d'autres, on a été amené à cette aberration de croire
que le Picard n'a point de règles, qu'on peut l'écrire
à sa fantaisie, et qu'il suffit de figurer la prononciation des gens de nos faubourgs. Remarquez que ce
sont des amateurs, je dirai même des fanatiques du
Picard, car il faut en être fanatique pour écrire
aujourd'hui dans ce patois, qui l'ont ainsi constellé
des combinaisons typographiques les plus étranges,
l'ont présenté comme une sorte de langage hiérogly-
phique, et ont fait penser à bien des gens qu'il ne
pouvait appartenir qu'à un pays de sauvages. On
nous a fait un picard indéchiffrable, absolument mé-

connaissable. Je vous prie en grâce de ne pas juger le défunt sur une aussi détestable photographie. Il n'était pas bien beau ; on l'a rendu affreux. Je proteste notamment contre l'abus immodéré de la lettre *k*. Elle ne saurait se rencontrer plus fréquemment en picard qu'en français ou en latin. Je crois vous avoir montré tout-à-l'heure qu'on doit écrire *camps, cose, catieux, cavieux,* par un *c* initial, comme les Latins écrivaient *campi, cosa, castelli, capilli,* comme les Italiens et les Espagnols écrivent les mots corrélatifs.

A propos de cette lettre *c,* laissez-moi vous signaler encore une erreur où sont tombés presque tous ceux qui ont imaginé de vouloir écrire en picard. Le *c,* qui reste dur en français devant la voyelle *u,* devient en picard chuintant, c'est le terme technique, devant cette voyelle et quelques autres. Il donne alors un son tout-à-fait particulier, que les Picards seuls peuvent articuler ; et il fournirait un moyen très-certain, si, par impossible, nous avions des Vêpres siciliennes, de distinguer les vrais Picards de tout étranger quel qu'il fût. On ne demanderait pas comme à Palerme : Combien valent les petits pois, *ciceri ?* (1) mais comment se porte monsieur le *Cu*ré ? Pour

(1) On lit dans l'*Histoire de Naples et de Sicile,* de Matthieu Turpin, 1 vol. in-f°, 1630, p. 37.

Il (Prochyte) s'advisa encore d'une autre invention et subtilité aussi meschante que son entreprise estoit cruelle, qui estoit qu'un chacun feroit prononcer à son compagnon, à son voisin et generallement l'un à l'autre pendant ce carnage, le mot *ciceri,* comme qui demanderoit, *qui vive,* qui est un mot italien qui signifie en françois des poix, et qu'ils profèrent comme s'il y avoit *chicheri,* et lequel les François ne sçauroient prononcer distinctement.

trouver le moyen de traduire ce son à l'aide des lettres de notre alphabet, on s'est ingénié de bien des façons, sans jamais réussir. C'était prendre une peine inutile. Car une langue ne s'écrit pas comme elle se prononce. Les vingt et quelques lettres de l'alphabet européen ont, dans chaque langue, des valeurs phonétiques différentes, souvent variables suivant la lettre qui précède ou qui suit. Pour parler une langue, il faut en apprendre la prononciation spéciale ; c'est l'affaire de l'oreille qui écoute et de la voix qui reproduit. L'écrire est toute autre chose : il faut alors se conformer à l'orthographe des mots ; car les mots sont des personnages qui ont leur histoire, leurs aïeux, leurs parents, et tout cela se trouve dans leur orthographe qui leur sert de blason. Les Picards doivent donc toujours, lorsqu'ils écrivent à monsieur le curé, respecter l'orthographe de son titre, elle est la même qu'en français ; sauf à l'appeler monsieur le Curé s'ils se permettent de lui parler en picard.

Mais aussi pourquoi écrire en Picard? Je comprends que dans le midi de la France on parle et on écrive les dialectes de la langue d'Oc : ils ont, avant l'invasion de la langue française, acquis un développement complet, ils se sont formés en langage régulier, et possédent une littérature. Le Provençal, notamment, a eu son époque glorieuse, et a exercé une influence marquée sur la formation de l'Italien moderne. Mais, dans les pays de la langue d'Oïl, le dialecte de l'Ile de France, le Français, a arrêté dans leur essor et absorbé tous les autres. Ce fut une des conséquences de l'avénement des Capétiens à la royauté. La langue

de la cour devait devenir assez rapidement celle de
l'administration, celle de la justice ; elle s'imposa
donc comme une nécessité, et ne tarda pas à étouffer
ses sœurs. La sélection que la nature opère dans le
règne végétal, où une tige plus vigoureuse, mieux
exposée à l'air et au soleil, tue sous son ombrage
celles qui ont poussé en même temps auprès d'elle,
s'exerce aussi, par la force des choses, sur les langues
en formation. Celle qui est la mieux douée, la plus
favorisée par les événements, celle qui arrive à satis-
faire plus complétement aux besoins si divers et si
multiples de la pensée humaine, doit l'emporter sur
ses rivales, et tôt ou tard les anéantir. Des rejetons
jumeaux de la vieille souche latine implantée dans la
Gaule du Nord, le Français seul subsiste aujourd'hui
comme langue : depuis des siècles il a réduit les
autres à l'état de patois.

A partir du quatorzième siècle, le Picard ne fut
donc qu'un patois, un langage restreint à l'expression
des besoins les plus immédiats de l'homme, à ceux
de la vie domestique et de la vie rurale. Son voca-
bulaire est, par conséquent, très-borné : il est impossible de causer en Picard de science, d'histoire, de
philosophie, de belles-lettres, d'art, de politique,
enfin de tout ce qui intéresse un esprit cultivé. En
Provence, on entend parler le Provençal non-seulement par les paysans, mais même par des gens qui
sont lettrés, parce qu'on peut parler de tout dans cette
langue. Mais, en Picardie, on n'a jamais vu une
personne ayant reçu un peu d'instruction, sachant le
français, un monsieur qui a un habit noir et des
gants, parler picard. Il faut venir aujourd'hui à

l'Académie pour entendre ce patois parlé en public
devant un auditoire distingué et élégant comme celui
qui me fait l'honneur d'écouter le rapide historique
de cette langue déchue, qui fut celle de nos pères.

Ce qui peut paraître étrange, c'est la persistance
de ce patois pendant plus de cinq siècles. C'est pour
l'histoire un grave enseignement. Rien ne saurait
prouver avec plus de force dans quelle ignorance
profonde sont demeurés plongés, pendant toute cette
longue suite d'années, les humbles et les pauvres de
notre pays, et combien pour eux était resté étroit le
cercle de la vie intellectuelle. Ils ne connaissaient
d'autre langue que leur patois. Si le picard disparaît
de nos jours, c'est que l'instruction se répand. Tous
ceux qui savent le français, finiront par ne plus
parler d'autre langue, et il faut bien maintenant que
tout le monde sache le français ! La vie sociale s'in-
filtre partout, avec les institutions, avec le capital,
avec le bien-être, et partout multipliant les relations,
augmentant les besoins, elle agrandit les esprits,
développe les intelligences, et les force à se servir
de l'instrument qui peut seul leur donner satisfaction,
de notre langue française si claire, si souple, si riche,
si justement admirée. Voilà pourquoi les patois s'en
vont : ils ne peuvent plus subsister dans notre état
de civilisation.

Quel changement depuis cinquante ans ! Maintenant on n'entend presque plus parler patois, ni
dans le quartier populaire de notre vieil Amiens, ni
dans les campagnes. Je conviens qu'à Amiens on
parle assez mal le français, et qu'on le chante d'une

façon désagréable à l'oreille ; après tout le peuple de
Paris a bien son jargon local, et chante aussi à sa
manière. Mais ce qu'il est essentiel de remarquer,
c'est que l'idiôme généralement en usage est le
français et non plus le patois picard. Notre spirituel
collègue, Gédéon Baril, ce fin observateur des types
actuels, ne s'y est pas trompé. Il s'est bien gardé de
faire parler Madame Zacharie en patois ; elle parle
le français avec les tournures de phrase et l'accent
qu'on trouve à Amiens chez les gens du peuple ;
mais elle ne parle pas picard. Dans nos villages,
aujourd'hui le dernier paysan, bien qu'il parle encore
patois avec les gens de son pays, répond en français
à qui l'interroge dans cette langue ; tandis que j'en
ai connu beaucoup, quand j'étais jeune, qui eussent
été absolument incapables d'articuler un seul mot de
français. Ils l'entendaient, mais ne le parlaient pas.
J'étais un jour chez un de ceux-là avec un de mes
amis qui, ne comprenant point le picard, ne pouvait
répondre aux questions que le vieux paysan lui
adressait. Celui-ci n'était pas content, et, le regardant
de travers, me dit : « Chest-i qu'il est allemend ou
« bien flamend qu'i n' comprend point l' français. »

Vous voyez que ce brave homme était persuadé
que son patois et le français c'était la même chose.
Au douzième siècle il n'aurait pas eu tout-à-fait tort ;
il y avait entre les deux dialectes français et picard
de très-grandes analogies qu'explique suffisamment
la communauté d'origine. Mais, depuis lors, le temps
avait singulièrement changé les relations des deux
frères. L'un était devenu un riche et puissant seigneur, très-répandu, très-élégant, orné de toutes les

grâces, capable de toutes les séductions ; l'autre n'était qu'un paysan, gauche et borné.

Il avait du bon toutefois, le paysan, et ne manquait pas d'esprit. S'il n'avait pas celui qu'on trouve tout fait dans les livres et les journaux, esprit d'emprunt qui souvent recouvre tant de nullité, il avait la verve gauloise, et de son gros sel, peu attique assurément, savait parfois relever vivement la pensée.

Le patois picard mérite par plus d'un côté de fixer l'attention du philologue et du philosophe. Il faut savoir gré à ceux qui se donnent la peine de recueillir, au moment où cela est possible encore, ses expressions souvent fortes et originales. Un de nos honorables juges de paix, M. Devauchelle, travaille à une collection de tous nos vieux mots, M. Jouancoux publie des Études pour servir à un Glossaire étymologique du patois, et on pourrait ajouter, du dialecte picard, qui sont fort remarquables. Elles seront d'un précieux secours à ceux qui s'occupent de l'histoire du langage, et plus encore peut-être à ceux qui savent pénétrer sous ces vieilles formes de la pensée pour scruter la pensée elle-même et lui demander le secret des choses du passé. Mais M. Jouancoux, fort érudit, imbu des règles de la transformation des mots qui passent du latin dans un de ses dérivés, veut trop systématiquement peut-être donner à chaque mot picard un acte de naissance latin. Cela est juste pour beaucoup, mais pas pour tous.

Que le fond même du picard soit le latin, c'est incontestable. Il y a quelques mois, tenant un des cordons du poêle aux obsèques d'un de nos bien regrettés collègues, j'entendais, au village, un des porteurs dire à son camarade : Prends ho (1). Ces paroles du paysan de Quevauvillers, inintelligibles pour un français, eussent pu être comprises par un des légionnaires de César. C'est presque purement latin : Prende hoc ; prends cela. Mais il ne faut pas méconnaître que les langues dérivées ont leur vie propre, leur génie, leurs productions originales. L'enfant qui ressemble le plus à son père n'en a pas moins sa physionomie particulière. Le picard avait assez de vitalité, même à l'état de patois, pour créer, suivant la loi de son instinct, les mots dont il avait besoin. Parmi les expressions remarquables de ce langage il y en a donc qui dérivent du latin et d'autres qui sont tout simplement picardes.

Au nombre des premières permettez-moi de vous citer l'adjectif « amiteux. » On dit d'un enfant qu'il est « amiteux » ; en français, « aimant » ne rendrait pas la nuance, il faut traduire par « caressant. » C'est s'attacher à la manifestation extérieure de l'amitié, tandis que le picard va droit au sentiment lui-même. Je signale aussi les adjectifs féminins terminés en oire, qui marquent la fréquence, la répétition, l'habitude invétérées avec une énergie que nous n'avons pas en français. Vous n'avez jamais entendu, peut-être, une femme dire à une autre : « Ti, t'es-t-eine mentoire ». « Menteuse » est pâle à côté de cela.

Comme exemple de ter nes créés par le génie picard, est-il besoin de rappeler ce mot de « rêderie » que tout le monde connaît à Amiens, puisqu'il y a un

(1) Prononcez : Prin ho.

« marché à rêderie »... Je me borne à vous citer le verbe « berdeler » (1) qui exprime si bien le murmure monotone et confus que font certaines personnes en marmottant sans cesse des paroles désagréables. Ce mot-là, vous l'ignoriez, Mesdames, car vous n'êtes pas de celles dont les domestiques disent : « Madame, alle berdèle toujours après mi. »

Ce patois a donc sa sève originale : sans cela il n'eût pas vécu si longtemps. Il a créé non-seulement des mots, mais aussi des formes grammaticales que ne connaissait point le dialecte picard du moyen âge. Des formes grammaticales ? dira-t-on ; mais ce patois n'a point de grammaire. Vous allez voir cependant qu'il a eu des grammairiens ; en sabots il est vrai, et

(1) Voici ce que dit Génin, *Récréations philologiques, t. I, p.* 280 :

Le picard et le rouchi ont un terme excellent parmi beaucoup d'autres ; c'est le verbe *berdeler*, pour exprimer gronder entre les dents, indistinctement, d'une manière confuse et monotone : — *Qu'est-ce qu'il a donc à berdeler ? — Quel vieux berdeleur ? Il n'en fait qu'une de berdeler du matin au soir.*

Mais quel est-ce mot *berdeler* ? Que signifie t-il au propre ? Je laisse au supplément de Trévoux le soin de répondre.

« *Bredaler*, terme de fileuse au rouet. Il se dit d'un fuseau, « (c'est-à-dire d'une bobine), percé trop gros, à proportion de « la broche, et qui fait du bruit. Les fuseaux (les bobines) « *bredalent* lorsque la broche est trop fine ou que les fuseaux « sont percés trop gros. »

Peut-on voir une métaphore plus juste et plus piquante ? Y a-t-il en français un mot plus expressif et plus pittoresque à la fois que le verbe *berdeler* ? Et, pour en exprimer la valeur, il faut recourir à une longue périphrase qui tue l'image et glace le discours. Ah! combien perd la langue académique à se montrer si fière et si bégueule !

qui faisaient de la grammaire comme M. Jourdain faisait de la prose. Ils se sont même rencontrés plus d'une fois avec les grammairiens d'autres langues dérivées du latin, notament avec les Italiens.

Au conditionnel, on dit en français, à la première personne du pluriel : « *Nous serions,* » l'Italien dit : « *Saremmo* » ; le Picard : *Os s'roimmes.* » L'analogie est certaine.

En français, quand on désire un objet quelconque, on dit « *Donnez le moi* » ; en trois mots. Les Italiens n'en ont qu'un, dans lequel ils réunissent le verbe avec son régime direct et son régime indirect : « *Datemelo.* » Les Picards font exactement de même et disent « *Donnemmellé,* en un seul mot qui comprend le verbe et ses deux régimes. Ces exemples ne suffisent-ils pas ? il y en a d'autres.

« *Il y en a,* » voilà quatre mots : le picard n'en a que deux : « *gnen o,* » Cette forme « *gnen* » pour « *il y en* » vous semble un affreux barbarisme. Et pourtant vous la retrouvez identiquement «*gnene*» dans l'italien, non pas dans la langue moderne, mais dans le dialecte toscan du seizième siècle, « *Gnene ha, il y en a.* » L'un des grands artistes qui sont la gloire de Florence, Benvenuto Cellini, dans les mémoires où, en retraçant les événements de sa vie tumultueuse, il a fait une si fougueuse peinture des mœurs de son temps, emploie constamment cette forme : « gnene ha. » Vous voyez que nos grammairiens sans le savoir ont, au-delà des monts, des parentés qu'ils ne se connaissent certainement pas, mais qui, pour être éloignées, n'en sont pas moins fort avouables.

Il ne faut donc pas dédaigner absolument ce patois picard : je viens de vous montrer qu'il a son originalité vigoureuse.

C'est ce langage, sans grammaire écrite, sans littérature, qui a donné naissance, au dix-neuvième siècle, à un type assez curieux sur lequel je vous demande la permission de m'arrêter quelques instants. Il faudra que vous consentiez à descendre avec moi dans le vieil Amiens ; car c'est là qu'on trouve le personnage dont je veux vous parler. Il y jouit d'une très-grande popularité, toujours la même après plus d'un demi-siècle, ce qui prouve tout d'abord que ce n'est pas un personnage politique. Nous irons donc, si vous le voulez bien, au théâtre, à ce théâtre de marionnettes en bois dont des artistes placés derrière la scène font mouvoir les fils supposés invisibles ; enfin pour employer l'expression consacrée à Amiens, nous irons aux Cabotins. C'est là que nous entendrons Lafleur parler picard.

Qu'est-ce que Lafleur ? d'où vient-il ? pourquoi son succès, sa popularité ?

Lafleur, son nom l'indique, c'est un valet de comédie ; et déjà ce nom résout une question de date : le personnage est nécessairement postérieur à l'époque où les valets s'appelaient La Rose, La Ramée, La Fleur, dans le langage du théâtre.

Il faut que vous sachiez qu'aux Cabotins on joue tous les genres, en vertu de l'axiôme connu qu'ils sont tous bons, hors le genre ennuyeux. On y joue le drame, le vaudeville, l'opéra-comique ; on y aborde même parfois la grande opéra. Je ne prétends pas que l'orchestre y soit excellent et que les chanteurs aient toujours la voix juste ; cependant ils se tirent des passages les plus difficiles : à l'inverse de ce qui se passe ailleurs où certains prétendent que ce qui ne vaut pas la peine d'être dit, on le chante, là ce qu'on ne peut point chanter on le récite tout simplement. Et ce n'en est pas moins la Grande Opéra. Je dis bien *la Grande* Opéra, pour vous faire remarquer que notre patois, fidèle à son instinct latin, a ici raison contre la langue française qui s'est avisée d'affubler d'un habit masculin cette expression latine, «opera,» à laquelle les Italiens, les Espagnols et les Picards ont conservé son genre féminin, « opera, » l'œuvre par excellence.

Mais ce qu'on joue aussi aux Cabotins, c'est le vieux répertoire du Théâtre-Français, ce sont des comédies, ou plutôt, car la pièce durerait trop longtemps, des scènes prises dans les comédies classiques et notamment dans celles de Molière. On comprend aisément qu'il y a soixante ans ces emprunts aux classiques étaient beaucoup plus fréquents que de nos jours. Or les comédies ont nécessairement des valets, comme toute tragédie bien ordonnée a son confident obligé.

Un homme d'esprit, picard jusqu'à la moëlle, eut l'idée originale de mettre son patois dans la bouche du valet de la comédie. Ce que je vous disais tout-à-l'heure de ce patois trouve ici sa justification : on ne rencontre dans un rôle de valet ou de paysan que des sentiments et des idées qui se peuvent traduire très-exactement en picard, et avec un tour tout particulier qui devait être fort goûté d'Amiens. Voici quelques

lignes du *Médecin malgré lui,* où j'ai vu Lafleur
remplacer Sganarelle :

MARTINE. — J'ai quatre pauvres petits enfants sur
les bras...

LAFLEUR. — Mets zes à terre.

MARTINE. — Qui me demandent à toute heure du pain.

LAFLEUR. — O leu baille des claques. Mi, quand
j'ai bien bu, bien mingé d'même, ej vu qu'tout le
monne i soit seu à no moison.

Il était impossible de faire parler en picard un
amoureux ou un père noble ; il était piquant de donner
ce langage à un valet. Cette idée neuve devait avoir,
et eut en effet un grand succès dans un théâtre
populaire. Les valets s'appelèrent donc Lafleur et
parlèrent picard.

C'était un premier pas ; il fut aisé de faire le second.
Bientôt Lafleur cessa d'être le valet quelconque d'une
comédie ; il devint un type particulier. Il eut ses
mœurs, ses habitudes, son caractère, comme il
avait son langage à part. Ce fut un personnage,
très-connu, très-aimé, très-vivant. Oh ! Lafleur
n'est pas encore mort, et je prédis qu'il vivra tant
qu'il y aura quelqu'un pour comprendre son patois.
Singulière destinée des créations de l'imagination
humaine ! C'est à la fable sortie du cerveau du poëte
qu'appartient l'immortalité et non au poëte lui-même.
Quel est l'auteur des mythes païens ? le père des
dieux qui peuplaient l'Olympe, sans oublier les
déesses? Je ne le sais pas plus que vous. Et cependant
tous nous connaissons l'histoire, les mœurs et les
faiblesses habituelles de ces divinités fantastiques.
Le créateur du personnage de Lafleur est mort

depuis une quarantaine d'années ; il est maintenant complètement oublié. Mais tous les Amiénois, ou presque tous, connaissent leur Lafleur, et peuvent parler pertinemmeni de ce personnage traditionnel.

Voulez-vous que je vous le présente ? Il est toujours jeune, privilégé bien envié de ceux qui ne le sont plus, grand, fortement charpenté, remarquablement jambé. Il a le visage plein, le teint coloré, la bouche rieuse, la physionomie ouverte.

Il porte imperturbablement, car l'anachronisme ne l'effraie point, le costume du dix-huitième siècle ; chapeau à claque bordé de rouge, habit à la française, jabot, gilet fond blanc à grands ramages ; bas blancs qui recouvrent de vigoureux mollets et larges souliers ferrés, singulièrement redoutables. N'oublions pas sa coiffure ; il a gardé la queue, sa grande queue rouge en trompette, voilà pour le physique.

Au moral il a, comme valet, les vices de son état. Sa probité n'est point d'une délicatesse excessive ; cependant il n'a jamais été en prison, et pour cause. Il est menteur. Il aime à boire, à bien manger : rien ne saurait calmer son appétit. C'est lui qui, croyant avoir tué sa femme — oh ! sans mauvaise intention, et d'ailleurs elle n'en est pas morte, entre à l'auberge et dit : « Baillemme ein molet « quéque cose à minger ; Ech sus si tellement « malhureux qu'ej crève ed fam. »

Et comme pour prouver qu'un bon estomac n'engendre point la mélancolie, Lafleur est toujours gai, toujours en belle humeur. Il pétille d'esprit, cela va sans dire. Il a le mot vif, le tour naturellement goguenard ; il est l'expression de la satire populaire.

Inutile de dire qu'il parle picard à pleine bouche. C'est un des éléments essentiels du comique dans les scènes de Lafleur. Il vient, par exemple, annoncer que le déjeuner de son maître est servi. Son maître, ordinairement un bourgeois de condition fort modeste, cette fois est un prince, ou du moins veut se faire passer pour tel, mais il n'y a plus moyen de s'y tromper quand Lafleur vient dire : « Mein prance, «. vos deux soirets i sont cuits. » Si on faisait dire : « Mon prince, vos deux harengs saurs sont cuits, » la note perdrait presque toute sa valeur.

Lafleur est un paysan. On met sur les annonces : « Lafleur ou le paysan picard. » Il est donc né au village, et quand il parle d'Amiens il l'appelle souvent « la capitale ; » mais c'est un paysan rusé, très-fin sous son apparence de bonhomie. Il est plein de ressources. Que de fois il a tiré son maître d'embarras, fait ouvrir pour lui la caisse à triple serrure des usuriers et mis à la porte des créanciers importuns ! Que de fois surtout il a servi ses amours, joué le père récalcitrant, et, de haute lutte, enlevé la main de la fille ! Ses moyens ne sont pas toujours rigoureusement scrupuleux : mais l'honnêteté du but sauve ce qu'ils peuvent avoir d'irrégulier ; on est tenté de lui pardonner des fourberies qui attestent un véritable dévoûment à son maître.

Car notez que, malgré ses vices, ce paysan, ce valet n'est pas vil. Au contraire ; la fierté native du Picard est un de ses traits dominants. Il est sous ce rapport en communauté parfaite de sentiments avec ses spectateurs qui ne toléreraient pas que Lafleur se

trouvât déshonoré. Il faut toujours qu'il ait définitivement le dessus. Règle générale, toute scène de
Lafleur se termine par l'intervention des gendarmes;
Lafleur lève alors son pied vainqueur, et la jambe
tendue, la pointe du pied à la hauteur de l'œil,
s'élance sur les représentants de l'autorité, les frappe
au visage, les culbute, les met en fuite ; ainsi finit
invariablement la comédie. Ce n'est peut-être pas
d'un très-bon exemple, quoi qu'on dise que le
théâtre est destiné à corriger les mœurs. C'était
même écrit, — et en latin, — sur le rideau du
théâtre des Grandes Galères : « *Castigat ridendo
mores*. » Il est certain que ces triomphantes volées
de coups de pied ne sont pas faites pour inculquer
aux jeunes générations le principe salutaire du respect
de l'autorité.

N'essayez pas pourtant de réformer cela ; vous
auriez une émeute dans la salle. Il est arrivé une fois
qu'un directeur de théâtre, novateur imprudent, a
voulu changer ce dénouement nécessaire. Les gendarmes ont emmené Lafleur en prison et la toile est
tombée là-dessus. Ce fut un orage épouvantable, et
des cris, et un tumulte, et des projectiles de toute
espèce. Il fallut céder à la tempête populaire, relever
le rideau, ramener en scène les gendarmes, et cette
fois Lafleur leur en a donné plus que de coutume, aux
applaudissements frénétiques du public victorieux
avec lui.

Telle est la puissance de la tradition. Lafleur sans
les coups de pied de la fin, c'est Jupiter sans son
tonnerre. Quand un de ces types est créé, il faut
absolument le respecter. Il faut que Lafleur garde

son patois, son costume, son esprit, son caractère,
qu'il reste lui-même. Placez-le alors dans n'importe
quelle situation invraisemblable, le public l'acceptera
sans sourciller. Voici une pièce, une tragédie, car
je vous ai dit que tous les genres sont reçus au
répertoire des Cabotins: Lafleur y a son bout de rôle.
C'est « La naissance de Notre Seigneur Jésus-Christ,
tragédie en cinq actes et en vers. » Heureusement
que les actes ne sont pas longs: quant aux alexandrins,
il y en a qui sont aussi assez courts, mais d'autres,
en revanche, sont d'une longueur démesurée. Lafleur
s'excuse du modique présent qu'il apporte à l'Enfant
Jésus.

« Mais os avez mein corps, mein cœur, emn'âme aussi,
« Quand ech f'rai m'crevaison, mettelle en Paradis. »

J'ai vu Lafleur introduit dans la pièce de l'*Enfant
prodigue*. La scène se passait du temps des Pharaons :
il était valet de charrue chez un cultivateur des
environs de Memphis, et il parlait picard ! J'avais
bien raison de dire que l'anachronisme ne l'effrayait
pas.

Ne croyez point que les rôles de Lafleur soient
écrits. Non, il faut les improviser, et c'est ce qui en
fait le naturel et l'originalité. Le dialogue est tout
entier livré à la fantaisie de l'artiste, qui brode sur
un cavenas connu, et remplit au gré du moment un
cadre arrêté d'avance. Si vous lui demandez de vous
dicter une de ces scènes, et qu'il ait la complaisance de
se prêter à votre désir, bientôt vous le verrez hésiter,
devenir traînant, et il s'arrêtera en vous disant :
Monsieur, c'est impossible ; il me manque mon

public, ça ne vient pas. Il lui faut la rampe, le spec-
tateur, qu'il ne voit pas cependant, mais dont il sent
la présence, et dont le frémissement sympathique,
le silence attentif, le murmure approbateur sont
nécessaires pour exciter sa verve, et lui communiquer
l'entrain de son rôle.

Il n'est donc pas donné à tous de jouer Lafleur. Il
faut pour cela être bien pénétré du personnage, et
s'identifier avec lui : il faut avoir le mot prompt, la
répartie alerte : il faut, avec le sens du comique
« vis comica » posséder le génie de notre patois et
cette verve gauloise, cet esprit mordant et narquois
qui court les rues de notre vieil Amiens. L'artiste
qui a créé ce type si curieux, si essentiellement
picard, n'était pas un lettré, je n'ai pas besoin de le
dire. C'était un ouvrier de la basse ville, qui se nom-
mait Louis Bellette. Le succès de son Lafleur fut la
source de sa petite fortune ; il s'établit, devint patron
à son tour, et plus d'un Amiénois a sans doute connu
son fils, M. Bellette, de la rue des Jacobins. Vous
ne vous étonnerez point que dans la famille de ce
poète populaire on conserve religieusement le premier Lafleur qui ait paru sur la scène. C'est une re-
lique pour les petits-enfants de Louis Bellette.

Le génie comique de cet humble artisan a trouvé,
suivant moi, le meilleur, je dirais presque le seul
emploi qui pouvait être fait de notre patois
picard. Je sais qu'on a essayé de se servir de ce
langage pour diverses productions littéraires, et je
commettrais une impardonnable injustice si, dans un
travail sur le Picard, je ne faisais, en terminant, au

moins mention des satires de Crinon. Elles m'ont vivement touché ; c'est avec bonheur que je saisis l'occasion de rendre ici un public hommage au fin bon sens et aux qualités remarquables de ce poëte. Mais est-il besoin de dire qu'un patois, pauvre de mots, sans formes grammaticales arrêtées, où l'hiatus est fréquent, où les consonnes se heurtent par l'élision absolue de la voyelle muette, dur à l'oreille par conséquent, est un détestable instrument pour écrire en vers. Je comprends la chanson en patois; elle est parfois piquante par la drôlerie du mot: mais la satire, quoique restreignant son objet aux vices et aux travers des paysans, est un genre au-dessus peutêtre de la portée du Picard. Beaucoup des très-bonnes choses qui se rencontrent dans Crinon n'eussent rien perdu à être écrites en français.

Combien plus naturel, plus vrai, plus franchement picard est Lafleur dans son parler qui est bien la langue du pays, sans apprêt, sans recherche, dans toute sa vivacité et son originalité. Lafleur reste, à mon sens, le véritable et la dernière expression de notre patois picard désormais expirant.

Amiens. — Typographie H. Yvert, rue des Trois-Cailloux, 64.

www.ingramcontent.com/pod-product-compliance
Lightning Source LLC
Chambersburg PA
CBHW060858180626
46818CB00004B/1759